# CHRONIQUES

PAR

## FERDINAND CHICOURAS

PROFESSEUR DE SCIENCES PHYSIQUES ET NATURELLES

AU LYCÉE DE TOURNON-SUR-RHONE

EN VENTE CHEZ L'AUTEUR.

VALENCE

IMPRIMERIE JULES CÉAS ET FILS

RUE DE L'UNIVERSITÉ, 9

1862

Privas, le 17 décembre 1861.

MONSIEUR,

J'ai l'honneur de vous informer que je donne mon entière approbation à vos compositions littéraires que vous êtes dans l'intention de faire imprimer et dont vous m'entretenez par votre lettre du 9 décembre courant.

Je vous félicite bien sincèrement du sujet que vous avez choisi.

Recevez, Monsieur, l'assurance de ma considération distinguée.

Pour le Préfet en congé,

*Le secrétaire général délégué,*

# PRÉFACE DE L'AUTEUR.

Je me propose, dans quelques lignes d'une courte préface, la justification du mot CHRONIQUES, que j'emploie comme appellation diagnostique des pièces littéraires que j'offre au Lecteur.

La Physique expérimentale montre qu'un pinceau de lumière solaire, traversant un prisme de verre horizontal, est décomposé par celui-ci et l'on recueille sur un écran, où l'on reçoit le pinceau émergeant, une image colorée, perpendiculaire à l'arrête du prisme, oblongue, arrondie aux deux extrémités, de même largeur que le pinceau et trois fois au moins aussi longue que large, pour qu'elle soit bien étalée.

Le physicien découvre dans cette image une infinité de nuances distinctes. Mais il observe surtout sept couleurs dominantes, que l'on peut regarder comme la charpente, ou le squelette, ou bien encore le spectre de l'image totale. De là vient, sans doute, que le célèère Newton, qui en est l'inventeur, l'a appelée : SPECTRE SOLAIRE.

Une raison semblable à celle qui a conduft le physicien anglais à dénommer l'image solaire comme je viens de le dire, me fait désigner mes pièces littéraires sous le nom de CHRONIQUES.

# CHRONIQUE I.

---

L'étincelle dans l'air décrit sa parabole.
Dans l'âme s'enfonce le rayon de chaleur;
L'échauffe, ainsi la met au degré de son rôle.
Dans l'espace s'en vont le gaz et la vapeur.

ANNIVERSAIRE

DE LA

## NAISSANCE DU PRINCE IMPÉRIAL

L'Empereur en apprenant la naissance du
Prince Impérial s'écria : « C'est un fils!... »

Un fils!... Ce cri soudain parti du fond du cœur,
Est à la fois et d'un Père et d'un Empereur.
C'est un fils!... Un gage qu'à la France Dieu donne,
Pour fixer son destin, perpétuer un trône.

Le Prince, soutenu par les bras forts du Père,
Sous les yeux pleins d'amour de son auguste Mère,
Le jour de son baptême, aux Etats fut offert.
C'étaient de Malakoff, Magnan et Canrobert.

Ministres, Sénateurs, l'envoyé du saint Père,
Députés, la tête des doctes Magistrats;
De l'Église des Francs, les illustres Prélats.

On acclame le Fils et le Père et la Mère;
Et chacun a nommé, le Prince, dans son cœur,
Des enfants des Français, le futur Empereur.

Tournon-sur-Rhône, 21 mars 1859.

*A Monsieur le Préfet de l'Ardèche.*

MONSIEUR LE PRÉFET,

En sortant de l'Eglise, après le chant des vêpres du dimanche, et tout en cheminant vers ma demeure, je songeais au 16 mars, jour anniversaire de la naissance de Son Altesse le Prince Impérial. Je me disais : à cette date, il aura trois ans révolus. Je me souvins de la lecture que j'avais faite du mandemant que publia l'éloquent évêque de Montpellier, à l'occasion de la naissance du jeune Prince. Voici quel était le début : « C'est un fils, s'est écrié l'Empereur, en apprenant la naissance du Prince Imperial. » Cette exclamation de l'Empereur m'impressionna vivement, je l'étudiai, ie l'analysai et je traduisis le résultat de cette analyse en une courte pièce de vers.

Désireux de prendre part à la fête du jour anniversaire de la naissance du Prince Impérial, j'ai l'honneur, Monsieur le Préfet, de vous adresser ces quelques vers.

J'en fais hommage à Sa Majesté l'Empereur, à Sa Majesté l'Impératrice et à Son Altesse Impériale leur Auguste Fils.

Je suis avec un profond respect,

Monsieur le Préfet,

CHICOURAS,

Professeur de l'Université Impériale.

## Réponse de Monsieur le Préfet.

---

CABINET
DU
Préfet de l'Ardèche.

EMPIRE FRANÇAIS.

—

Privas, le 25 mars 1859.

MONSIEUR,

J'ai lu avec beaucoup d'intérêt les vers que vous a inspiré l'anniversaire de la naissance du Prince Impérial.

Je vous remercie de cet envoi, qui fait honneur à vos sentiments de patriotique dévouement à la dynastie Impériale.

Recevez, Monsieur, l'assurance de ma considération très-distinguée.

Le Préfet de l'Ardèche,
Signé :
LEVERT.

# CHRONIQUE II.

---

# GUERRE D'ITALIE.

— DU 12 MAI AU 12 JUILLET 1859. —

Tournon-sur-Rhône, *(Dépêche du 16 mai)*.

# ARRIVÉE DE L'EMPEREUR NAPOLÉON III A GÊNES.

### (12 mai 1859.)

Gênes te souviens-tu ? Juste il y a deux mois,
L'Empereur au milieu d'émotions profondes,
Sur l'yacht de ton roi, comme un jeune chamois
Bondissant, du golfe a franchi les vertes ondes.


Le protectorat étranger, domination
S'était créé, sous l'abri d'épaisses murailles
Un congrès peut trancher le nœud de la question
Non, l'Autriche veut tenter le sort des batailles.


Il faut donc s'agrandir jusqu'au pays alpin,
Ou qu'en opposition avec cette tactique,
L'Italie que secourt un puissant voisin,
Soit libre des Alpes jusqu'à l'Adriatique.

2

Il a un doux climat, un fertile terroir,
Ce pays, le champ clos des Gonzalve et des Sforce,
Des habitants tout pleins d'un légitime espoir.
Libre, il deviendra pour l'Occident une force

De plus. — L'Empereur guide ses braves guerriers :
De Mac-Mahon, chef hardi, un héros de Crimée ;
Major Vaillant ; le ferme Baraguay d'Hilliers ;
Canrobert, des plus illustres dans notre armée ;

Niel, distingué dans des siéges divers ;
Et deux princes, tous deux dignes du chant des Bardes :
Jérôme, qui n'a vu que trente-six hivers ;
Victor-Emmanuel, le bouillant roi des Sardes.

La troupe autrichienne a passé du Piémont
La frontière et du combat choisi le poste.
En face prennent rang, les Français d'outre-mont
Accourus. L'ennemi s'avance et les accoste

A Montebello. Forey, dans ce premier choc — 20 mai.
Triomphe à côté des fougueux cavaliers sardes,
Qui chargent en frappant et de taille et d'estoc,
Bravant des canons les lumières blafardes.


Les fils de l'Austrasie reculent, vaincus.
Sous les coups de Victor, du troisième zouave,
A Palestro, à Turbigo, ils sont encore battus. — 2 juin.
A notre marche, ils espèrent mettre une entrave ;


Passent le Pô, se massent près de Magenta.
L'Empereur là remporte une grande victoire. — 4 juin.
Comme les ovules tombent du placenta,
Des milliers de soldats, tombent là pleins de gloire.


L'Empereur et le Roi pénètrent dans Milan, — 8 juin.
Poursuivant l'ennemi qui recule en désordre.
Il reforme ses bataillons à Marignan,
Où Baraguay le bat, de l'Empereur par ordre. — 8 juin.

Sur le nombre et la valeur des troupes comptant,
François-Joseph s'était établi dans Vérone.
A Solférino, il rassemble au point culminant,
Tous ses débris, vaillants soutiens de son trône.


C'était au mois de juin, le jour de la saint Jean,
D'intrépide assaut la hauteur est emportée,
Par les soldats français d'irrésistible élan
Leur drapeau, de Napoléon III c'est l'épée.


Sol cruel, qui a bu tant de généreux sang!...
Sur des monts empilés en abruptes falaises....
Sol brûlant!... dans l'histoire ton nom a pris rang,
A jamais illustré par les armes françaises...


Les soldats autrichiens s'enferment dans leurs forts,
Aux quatre sommets du fameux quadrilatère.
Désormais les vainqueurs dirigent leurs efforts,
Contre des remparts de dur granit et de terre.

Le Mincio passé comme un étroit canal,
Ils ont arboré les couleurs nationales,
Dedans le polygone quadrilatéral,
Au croisement des deux lignes diagonales.


— Le jeune et solide chef du cinquième corps,
En Toscane opérait plein de sage prudence,
Sur la demande des représentants en corps,
Du beau pays, dont la capitale est Florence.


« La France, leur dit-il, désire sobrement, Du 20
» Ma mission est exclusivement militaire. au 25 mai.
» L'Italie se constitûra librement,
» Si Dieu protège et nos armes et cette terre. »


De se joindre aux Français les Toscans ont offert.
Trente-cinq mille combattants, comme un seul homme,
Marchent commandés par le Prince. — Canrobert
Occupe Goïto. Il est là rejoint par Jérôme.

— La France attend, triomphe avec son Empereur,
Sous le sceptre de l'Impératrice régente,
Elle est calme, forte, sans reproche et sans peur.
Un décret a prescrit une mesure urgente.


Dans le pauvre hameau, dans la riche cité,
Pour changer une plaie en noble cicatrice,
On écharpe le linge en petit comité,
A la voix auguste de notre Impératrice.


Du côté du pays où le cèdre verdit,
L'œil vigilant du duc de Malakoff regarde.
Le Prince Impérial dans ce milieu grandit.
Le peuple français tout entier lui sert de garde.


— Le tambour bat un roulement; — le 10 juillet. —
Des avides lecteurs à travers l'interstice,
J'ai lu le télégramme en un concis billet :
« Les partis ont conclu trente-huit jours d'armistice. »

Qui peut la fin de cette lutte désigner ?...

Ce qui peut arriver qui donc pourra le dire ?...

« L'Empereur, écrit-t-on, la paix vient de signer. »

C'est le 12 ! à peine encore si l'on respire.


« Milan, Parme et Modène et l'antique Turin ;

» Florence, amie de l'art et de la science ;

» Venise, belle et digne d'un savant burin ;

» Rome, de nos Papes sublime résidence ;


» Et Naples, où règne un printemps éternel ;

» Se mettront à l'abri d'un pouvoir tutélaire,

» Se confédérant par un pacte solennel,

» Et du Pape sous la présidence honoraire.


» A l'Empereur des Français Napoléon III,

» Qui remet au Roi sarde une conquête riche,

» L'Empereur de l'Autriche cède tous ses droits.

» La Vénétie reste à l'Empereur d'Autriche.

» Avec pourtant cette considération,
» Qu'en tout temps elle fera partie intégrale
» De l'Italienne confédération.
» Le traité proclame : amnistie générale. »


Les deux chefs dans Villafranca s'étaient enclos.
Des deux parts, l'Aigle a reployé sa forte serre,
Car le but est atteint. Ce grand débat est clos,
Jour par jour, après deux mois de terrible guerre.


Près de Napoléon III, quel nom j'écrirai,
A quelque profondeur du passé que je sonde !...
Répétant le mot de Kléber, je m'écrirai :
Sire Empereur, vous êtes grand comme le monde !...

# CHRONIQUE III.

---

## VALLÉE DE TOURNON-SUR-RHONE.

— FIN D'AUTOMNE. —

UNE VOIX DES AIRS A LA FIN DE L'AUTOMNE :

La sirène a chanté !

—

O vous qui habitez
Cette riche vallée !
Vous tous qui m'écoutez
Tenez l'ouïe dressée !

Mettez chauds vêtements,
Les feux brillent aux forges...
Des vents les sifflements,
Résonnent dans les gorges...

L'âtre noir se garnit
De houilles irisées,
Car la neige blanchit
Les cîmes escarpées...

Rivée à de doux liens,
Une amitié loyale,
S'épanche en entretiens
Au bruit de la rafale...


Au fond d'un beau palais,
Le bel enfant de France,
Peut narguer désormais,
Des frimas l'inclémence.

—

La sirène a chanté !

(27 août 1860.)

# CHRONIQUE IV.

---

## CINQ ANS!...

Il a déjà cinq ans!...
La France au souvenir de sa naissance illustre,
Redit en ses élans,
Le fils de l'Empereur finit son premier lustre.


L'acier, le bon acier,
Doit l'éclat, son moiré, sa nervure élastique,
Au noir et chaud poussier;
Aux effets calculés d'une trempe technique.


Au cœur du froid hiver,
Un paquebot léger, vers la brumeuse Écosse,
Fend les flots de la mer.
Dans le pays d'Ossian, il s'ancre et s'embosse.


L'amitié sur le seuil
Porte au devant de notre brave souveraine,
Son franc et bon accueil.
Le fils n'a point quitté la patrie lointaine,

Par la ruse trompé.

N'est-ce pas pour donner au Prince, à sa jeune âme,

Du bel acier trempé,

La bonté, la beauté, les purs reflets de flâme ?...


J'ai lu dans mon journal :

« Aux délicates mains de vertueuses femmes,

Le Prince Impérial

Jusqu'à sept ans restera. » Par ces chastes âmes


En son esprit naîtra

La soyeuse finesse, la nuance austère, —

Et son cœur émettra

Les chaudes ondes, — d'un pur rayon de lumière.


Vers l'antique château,

Roule et gronde la rapide locomotive.

Les bruits du feu, de l'eau,

Des flots de vapeurs, frappent l'oreille attentive.

Qui donc fait ces trajets?...

L'Empereur et son Fils se rendent à Compiègne.

Là de vastes projets

Sont éclos, accomplis déjà dans ce grand règne.


Tant de nobles exploits.

Laisseront dans le Fils une éternelle trace ;

Porteront aux pavois,

Ce digne descendant d'une héroïque race !...


21 mars 1861.

21 mars 1861.

En terminant une promenade de botaniste, un beau dimanche de ce mois de mars, sur les hauteurs granitiques qui bordent le cours du Rhône, du côté de l'est, il me vint dans l'esprit que quelques jours seulement me séparaient du 16 mars, date à jamais mémorable de la naissance de Son Altesse le Prince Impérial. La terre avait donc fait deux fois le tour de son orbite, depuis que j'avais composé une œuvre poétique bien courte, mais qui eut la bonne fortune d'être accueillie avec beaucoup d'intérêt par M. Levert, Préfet de l'Ardèche.

Je m'avisai donc que le jeune prince avait main-tenant cinq ans.

Déjà cinq ans!... C'était bien là un sujet sérieux de méditation, puisque le très-illustre Enfant de France est le chef futur d'un grand, d'un vaillant peuple. Je fus ainsi amené à écrire une pièce de vers en dix strophes, renfermant quelques pen-sées, méditées à cœur ouvert, et avec le désir sincère d'honorer le cinquième anniversaire de la naissance de Son Altesse le Prince Impérial.

# CHRONIQUE V.

---

## SOCIÉTÉ DU PRINCE IMPÉRIAL.

— PRÊT DE L'ENFANCE AU TRAVAIL. —

## SOCIÉTÉ DU PRINCE IMPÉRIAL.

PRÊT DE L'ENFANCE AU TRAVAIL.

------

Cloué au bois cruel, de douleur expirant,
Le Christ en s'adressant à son plus cher adepte :
« Aimez-vous entre vous, c'est mon dernier précepte. »
Du cygne prédestiné, ce fut le dernier chant.


Ce testament du Christ par le sang consacré,
Au monde promulgué des cimes du calvaire,
Est un phare éclatant, dix-neuf fois séculaire,
Où sans cesse brûle l'huile du feu sacré.

------

« — Vous portez bien vos ans. Je vous serre la main.
» Vous êtes des plus vieux parmi ceux du village.
» A voir votre port droit et les traits du visage,
» Du bel âge on dirait que c'est le lendemain.

» — J'ai soixante-douze ans... encor la jambe tient.
» De mes bras le ressort certes n'est plus le même...
» Les forces de la vie, à cet âge suprême
» S'en vont diminuant... La santé se soutient.


» La santé d'un pauvre... Je m'en vais à pas lents
» Au château. De mon mieux je gagne mon salaire.
» On est toujours content, je ne dois pas le taire.
» Je bêche dans ces champs depuis plus de vingt ans.


» Combien de temps encore?... On ne vit pas toujours.
» Ce don à mes vieux jours, c'est comme une retraite.
» — Et quand vous avez fait deux fois la même traite,
» Est-il quelqu'un chez vous qui fête vos retours?...


» — Autour de moi j'ai vu faucher la pâle mort.
» Une fille reste... Ma pauvre fille est folle...,
» D'une ménagère, sait mal remplir le rôle.
» Mon foyer est désert...Que faire?...C'est mon sort...»

Des remparts féodaux, c'est un des bastions.

Dans les sombres réduits de la tour angulaire,

Prenant air et jour par l'étroite meurtrière,

D'un autre Latone jouaient les rejetons.


Nombreux. « Mes enfants sont mon bien, mon seul trésor.

» A d'autres sont échus les dons de la fortune.

» S'entr'aider l'un l'autre, c'est notre loi commune,

» Je les verrai grandir et prendre leur essor. »


Des vierges desservant les autels du Seigneur,

Chacune se tenant à ses lois attentive,

Chez la mère ont fait choix d'une fille adoptive,

Lui donnant de leur temps et un peu de labeur.


Faut-il un aliment salubre, un vêtement,

Rompre et distribuer le pain de la parole?...

Largement du bon riche elles tiennent l'obole,

Et du Maître divin un sage enseignement.

Ces efforts fructueux, ces dons de l'opulent,
Comme des rosées printannières, fécondes,
Les plantes nourrissant de leurs humides ondes,
Vivifient l'asile aux fils de l'indigent.


On voyait au-dehors l'essaim des jeunes sœurs
Dextrement arracher bluets et saponaires,
Les liserons des champs, les rouges salicaires,
Et leurs mains en tressaient des couronnes de fleurs.


La couronne en tête, leurs bras s'entrelaçaient.
L'air résonnait au loin de leurs voix argentines,
Portant avec fierté leurs grâces enfantines,
Dans les vois de la vie ensemble s'avançaient...

—


L'hymen avait uni deux jeunes fiancés.
A l'un : force, vigueur, son savoir agricole.
L'autre est ménagère, formée à bonne école.
Ils visent à l'Avoir pour des jours avancés.

Ce qu'on a de meilleur, c'est d'être bien portant.
Le fruit de nos labeurs sera pour une vigne,
Le lot de nos enfants. En comprenant ce signe
Quelque jour pour les leurs ils en feront autant.


Vertes sont leurs fibres, comme celles de l'If...
Novice est leur rétine au fond de la prunelle...
Existe-t-il en eux, la divine étincelle,
Illuminant l'écueil, le salut de l'esquif?...


Le couple se propose un modeste confort,
Quels seraient les destins de sa progéniture?...
Mais dans une mer sombre et sans boussole sûre,
Combien qui naufragent, encor bien loin du port!...


Des nuages au ciel pointent les légions.
Les nimbus que pousse le vent aquilonnaire,
Courent en rangs serrés. Leur corps légionnaire
De la mer envahit les hautes régions.

Mais voici que se lève le souffle de l'autan.
Les nimbus arrêtés, en masse s'amoncèlent.
Le feu du fluide, qu'en leur flancs ils recèlent,
Jaillit, éclaire l'air d'un reflet éclatant.


En silence l'on suit l'effort de l'aquilon.
L'autan en est vainqueur. L'ennemi qu'il refoule,
Se tourne sur la droite, et aux yeux il déroule
Ses lentes cohortes vers le septentrion.


Le passage barré des monts par la hauteur,
Les noires phalanges, à deux pressions en butte,
Présentent le calme précurseur de la lutte.
Les fils de la terre frissonnent de terreur.


Dans les feuilles se fait un léger bruissement.
Le zigzag des éclairs coupe la nuit profonde.
L'écho répète au loin le tonnerre qui gronde,
Ses multiples éclats, son long frémissement.

La chûte des grêlons survient spontanément.
Devers l'est projetés, ces gros fragments de glace,
Claquent en bondissant, retombent dans l'espace,
Mêlés avec des flots du liquide élément.


On dit qu'au lendemain de ce choc dans les airs,
Les végétaux des champs, visités dès l'aurore,
De débris les jonchaient. On vit le météore
Vers l'Orient marcher, en lançant des éclairs.


L'ouvrier des campagnes, force au repos sa main.
Et notre couple voit dans ce premier nuage,
Ses plans s'évanouir, comme un trompeur mirage,
Qui se montre fuyant à l'horizon lointain.


Jeunesse, bon vouloir, n'ouvrent guère crédit,
Sous le soleil il faut posséder quelque chose.
Et pourtant une lande, en sa limite enclose,
Le couple mènerait au jour qu'il s'est prédit.

Pas n'est vain son espoir. Le lopin de terroir,
Extensible noyau de sa maison naissante,
Lui sera confié. Ce sera suffisante
Garantie : art, vigueur et honnête vouloir.


Auprès de l'Empereur et sur un trône égal
Prend place des Français la noble Impératrice,
Le Génie du bien, l'Auguste fondatrice
De la société du Prince Impérial.


Elle a dans un coffret un trésor amassé,
Anxieuse de nous et de toute souffrance.
L'objectif : au travail, c'est le prêt de l'enfance,
De l'avenir enfin, c'est le prêt au passé.


La charité creuse ce fertile canal.
L'ouvrier agriculteur, l'artisan de la ville
Trouvent tous deux un maximum d'effet utile
Dans la société du Prince Impérial.

Ainsi sont rapprochés, associés entr'eux,

Dans une œuvre sainte, les enfants de la France

Et l'Enfant du trône, du pays l'espérance,

De tous ses compagnons, un jour chef valeureux.


Cependant nos soldats font respecter nos droits,

Beaufort en Syrie, Montauban dans la Chine.

D'autres vaillants guerriers, prouvent en Cochinchine,

Le génie puissant de Napoléon III.

# CHRONIQUE VI.

---

## UN PREMIER QUATRAIN,

### ÉCRIT POUR L'ALBUM D'UN CONDISCIPLE.

J'ai voulu, \*\*\*, te satisfaire et de la main
Bataillant sur mon front, comme sur une enclume,
Bon gré mal gré, j'ai forcé à sortir ce quatrain,
Le premier qu'ait tracé la pointe de ma plume.

Lycée de Montpellier, 1842.

# CHRONIQUE VII.

---

## ÉPISODE DU VOYAGE DU PRINCE-PRÉSIDENT (—52.)

\* Lyon (*Lugdunum*) 60 lieues (266 k. 640) N. O. de Turin.
$\qquad$ 100 l. (440,400) S. E. de Paris.
$\qquad$ Long. 22° 29' 53".
$\qquad$ Lat. 45° 45' 41".

" Montpellier (*Mons pessulanus*) 152 l. (675,488) S. par E. de Paris.
$\qquad$ Long. 21° 32' 44".
$\qquad$ Lat. 45° 34' 33".

"' Bordeaux (*Burdigala*), sur la Gironde.
$\qquad$ 130 l. (567,720) S. O. de Paris.
$\qquad$ Long. 16° 55' 52".
$\qquad$ Lat. 44° 50' 18".

## ÉPISODE DU VOYAGE DU PRINCE-PRÉSIDENT (—52).

> La houille est enflammée et pétille dans l'âtre.
> Les vapeurs de carbone noircissent le plâtre
> Du foyer. C'est l'instant. Raconte, chroniqueur,
> Quelque exploit de la vie de notre Empereur.

Ce soir, Fern., je vais te conter un épisode du voyage triomphal du Prince-Président, aujour-d'hui notre Empereur, à travers les départements qui forment le périmètre de la France, parmi lesquels tu remarqueras plus particulièrement : le Rhône, c. Lyon*; l'Hérault, c. Montpellier**; la Gironde enfin, c. Bordeaux***.

Béziers (*Biterra*). Le premier évêque de cette ville est, dit-on, saint Aphrodise. A cause de sa magnifique situation, on a coutume de dire que si Dieu voulait habiter sur la terre, il établirait son domicile à Béziers. « *Si Deus in terris vellet habitare, Biterris.* » C'est la patrie du père Vanière)

Sur une colline près de l'Orb, à 3 lieues (15 k. 332) N. de la mer, 175 lieues S. de Paris.

Long. 20° 52' 35".

Lat. 43° 20' 41".

Conçois-tu quel pouvait être le but du voyage du prince Louis-Napoléon?... Songe aux liens qui unissent entr'eux les membres d'une même famille. Leur dispersion, leur éloignement prolongé peuvent rendre ces liens d'une ténuité extrême. Et si deux membres, fussent-ils frères, fortuitement ne se connaissaient pas, ne se voyaient jamais, sans doute qu'ils vivraient étrangers à leurs joies comme à leurs peines. En se manifestant au peuple, ne te paraît-il pas que le prince a rendu plus sensibles et a raffermi les liens qui unissent à leur chef, les membres de la grande famille française?...

Il fallait voir l'accueil aussi cordial qu'enthousiaste qui lui fut fait à Béziers*. Je vais essayer de peindre à tes yeux le joyeux empressement des populations de l'arrondissement qui s'étaient groupées au chef-lieu.

* Inauguration de la statue de Paul Riquet : 21 octobre 1838.

** Ce canal fait communiquer la Méditerranée avec l'Océan. Il commence à Cette et va se perdre dans la Garonne au-dessous de Toulouse. Il a 45 l. (199 k. 980) de long sur 30 pieds (10 m.) de large.

Commencé par M. Riquet en 1666, par ordre du roi Louis XIV. Il fut achevé en 1681.

Sois bien attentif. Rappelle dans ta mémoire les points remarquables de Béziers. Tu me suivras, je pense, comme si j'en déroulais le plan sous tes yeux. Je fais la gageure que le plus frais de tes souvenirs, — aurai-je la main bonne? — Amènera en première ligne, le *Jardin*, vaste rectangle dont l'espace intérieur est divisé par de nombreux sentiers, limités par les vertes bordures des buis nains. On a planté tout le long des côtés, des conifères blanchis par la poussière des boulevards. Et entre les arbres, des carrés de fleurs et de verdure sont disposés symétriquement et entourent la statue de l'illustre Riquet\*, l'inventeur et l'ingénieur du beau canal\*\* du Languedoc. *N'as-tu pas vu* le rouleau de papier que Riquet serre dans sa main gauche et le crayon qu'il tient entre les doigts de la main droite?... Ce sont les instruments de son état. Le voyageur s'arrête devant ce front penché et contemple avec plaisir les traits d'un homme qui a été utile à son pays. Les Biterrois ont scellé une pierre de marbre, dans le mur de la maison qu'ont habitée ses ancêtres, et on y lit gravée en lettres d'or, cette simple inscription : « MAISON OÙ NAQUIT RIQUET. » Les grandes actions, Fern., et entends par là celles qui sont des œuvres utiles, sont, tôt ou tard, noblement et généreusement récompensées. Riquet a peu joui de son œuvre. Sa descendance en a recueilli les fruits.

Es-tu bien attentif? Ne vas-tu pas te distraire, ou même t'endormir? Seras-tu bon sultan, si ce n'est envers l'oncle, du moins à l'égard de sa narration?...

Pour te captiver davantage, te parlerai-je, de ce bassin où tu te jetas tout habillé, et duquel on te retira trempé par l'onde froide et tout transi.

Ce n'est pas là qu'on va nager, si telle était ton intention. Ces belles fontaines sont construites pour l'embellissement et pour la salubrité de la ville. Je te parlais tout à l'heure de la belle statue de Riquet moulée dans le bronze. Il en est une plus modeste, sculptée grossièrement dans un bloc calcaire, et qui mérite de n'être pas passée sous silence.

On l'appelle la statue de *Pépézuc*.

Elle est fixée dans l'angle d'une maison de la rue Française, et bien que les traits du visage, soient presque entièrement effacés, les fidèles Biterrois l'aiment et la conservent, parce que c'est la statue d'un vaillant capitaine, qui dans le moyen âge, sauva Béziers, menacé par les hommes d'armes du prince Noir. (Fils d'Edouard III. XIVᵉ siècle.)

A cette époque, la belle église de Saint-Nazaire

Aujourd'hui les machines à vapeurs sont remplacées par deux récepteurs hydrauliques à axe commun (Poncelet), logés dans le château d'eau, dans le milieu de la rivière, et mus par le courant dirigé dans deux vannes. Chaque récepteur, par le simple intermédiaire d'un excentrique et d'une bielle, transmet un mouvement vertical alternatif à la pesante tige en fonte du piston d'une pompe aspirante et foulante. Celle-ci est à double effet et à jet continu. L'effet utile des deux pompes fonctionnant 16 heures sur 24, est représenté par 800,000 litres d'eau, transvasés chaque jour, dans un réservoir supérieur, à une hauteur de 80 mètres, et mis à la disposition des habitants. Un compteur *ad hoc*, de l'invention de Cordier, mesure ce volume de liquide, à un litre près. Il consiste en quatre cuvettes communiquant entre elles et avec le réservoir. L'eau du conduit tombe dans la première cuvette dont le fond est percé de dix trous de même diamètre. Le liquide pénètre par 9 trous dans le réservoir et par le dixième dans une deuxième cuvette, qui reçoit ainsi 1 litre, tandis que le réservoir en reçoit 9. Le litre de la deuxième cuvette se partage en 9 décilitres qui passent dans le réservoir par 9 trous, — le réservoir contient alors 99 décilitres, — et en 1 décilitre qui se rend dans une troisième cuvette. Ce décilitre donne de même 9 centilitres au réservoir, — qui contient alors 999 centilitres, — et 1 centilitre à une quatrième cuvette. Lors donc que cette quatrième cuvette, contient 1,000 centilitres ou 10 litres, le réservoir contient 999,000 centilitres ou 9,990 litres. Et en faisant passer les 10 litres de la quatrième cuvette dans le réservoir, on y complète les 1,000 litres ou un mètre cube. Lorsque la quatrième cuvette contiendra 80 fois 10 litres ou 800 litres, le réservoir contiendra 80 fois 9,990 litres ou 799,200 litres. En rendant au réservoir les 800 litres de la quatrième cuvette, on y complétera les 800,000 litres, qui sont l'approvisionnement quotidien.

Le vaste puisard, où est contenue la source, est creusé dans un jardin ombragé, à côté de la rivière. Son abondant approvisionnement se fait sans doute, en partie du moins, par les infiltrations riveraines de l'Orb. Quoiqu'il en soit, qu'il ait son origine dans une source indépendante, ou dans les eaux d'infiltration, je puis en parler *de visu* et *de gustu*. J'ai goûté l'eau limpide de la fontaine et elle m'a paru réunir les conditions d'une excellente eau potable.

était en même temps une forteresse. Elle est bâtie sur un mamelon élevé, dont la base est baignée par les eaux de la rivière d'Orb, qui inondent et fertilisent une vaste plaine. Dans le voisinage de Saint-Nazaire, tu as dû apercevoir le bel hôtel de la sous-préfecture? Mais ce que ton absence de la cité ne t'a pas permis de voir, et ce que je te recommande de visiter, dès la première occasion opportune, c'est le monument érigé à la Vierge immaculée sur la place Saint-Félix (8 décembre 1856). C'est une haute colonne, à fines cannelures sur certaines portions de sa hauteur, et qui porte en d'autres points, le symbole de l'innocence, des lys blancs sculptés sur la convexité de sa surface. La statue de la Vierge est posée et fixée sur le chapiteau.

Il est encore une œuvre à laquelle l'inventeur a attaché son nom. C'est la fontaine Cordier*. Il y avait disette d'eau dans cette populeuse cité.

Cordier conçut le projet d'appliquer les puissants effets de la vapeur, aux mouvements des pistons plongeurs de deux pompes aspirantes et foulantes, qui transvasent les eaux de l'Orb dans un bassin supérieur, à une hauteur de 80 mètres au-dessus du niveau de la rivière. Les eaux coulent de ce bassin et se distribuent par une pente naturelle sur les différents points de la ville.

Je te citerai enfin un vaste bâtiment, le théâtre, dont la façade ornée de belles sculptures et de quelques médaillons en relief, est placée en face et au sommet d'une longue promenade complantée de platanes.

C'est là, Fern., dans cette même promenade, que je vis le prince Louis-Napoléon ( 2 octobre 1852). Les préparatifs étaient faits pour sa réception ; et dans la ville, on apercevait le mouvement d'une population de 20 à 25 mille âmes, qui a déserté le foyer, attirée en plein air par les attraits d'une fête ; d'une ville riche, par ses nombreux et fertiles vignobles, célèbre par son marché des alcools.

— Si tu n'es pas fatigué, Fern., j'arrive à l'histoire que je t'avais promise. — Tu sais bien, cher oncle, quels sont les effets de la curiosité. D'abord, j'avais envie de dormir; mais au point où tu en es, j'aurai le plus grand plaisir à t'écouter et à te suivre. — Tu me flattes. Et puisque vous voulez bien m'encourager, M. Fern., je vais poursuivre.

La nouvelle s'en était répandue de toute part. On savait le jour et l'heure de l'arrivée à Béziers du Prince-Président. Chacun s'empressait de se porter sur sa route, désireux de voir au moins une fois dans sa vie, l'héritier d'un grand nom et

5

d'un grand génie; beaucoup avaient à implorer des grâces et espéraient dans la générosité du Prince.

Des villes et des villages, l'on s'acheminait tout à l'entour de la cité Biterroise; qui, en voiture, — ceux que Plutus comble de ses dons; — d'autres plus modestes, montés sur une charrette, au rigide essieu, aux durs cahotements; un grand nombre tenant à la main un bâton, comme les Hébreux sortant du pays de Gessen, partaient de grand matin pour arriver à temps.

Ton oncle, M. Fern., comptait parmi ces derniers. Ajoute un cigarre, peut-être, et un jonc flexible, un grand désir de voir lè Prince et de bons jarrets, et tu connaîtras à peu près ma tenue et mes provisions de voyage.

De loin en loin, en travers de la route, on rencontrait des arcs de triomphe, couverts de ver-

dure et portant des inscriptions nombreuses,
marquant toutes le dévouement des populations
à l'auguste Chef qui venait les visiter. Par les
soins de l'administration des ponts et chaussées,
les routes bordées de deux cordons de cailloux
concassés et arrosées dans toute leur étendue,
avaient pris un air de fête.

Les piétons, les voitures et les charrettes, s'ac-
cumulaient dans la ville. Un ciel pur et un beau
soleil du commencement de l'automne, mettaient
la joie et l'entrain dans les cœurs.

La foule se portait sur la place du Théâtre. C'est
là que par les soins de l'autorité, s'étaient rangées
sur les quatre lignes du rectangle, les communes
de l'arrondissement, chaque population groupée
autour de son drapeau, sans mélange avec aucune
des deux voisines. Là se trouvaient des soldats
du premier Empire, portant leurs services et

campagnes, écrits en grandes lettres majuscules, sur une longue et large feuille de papier, collée à leur chapeau.

Là se trouvait aussi un commissaire de police d'une ville voisine...., que ses malheurs dans une émeute et que sa conduite après, avaient rendu digne de l'insigne honneur d'être présenté au Prince. Que n'étais-tu là, Fern.? Tu aurais été témoin de l'ardeur de tout ce monde, dans son impatience de voir l'élu de la nation. A l'un des bouts de la place était dressé un arc de triomphe de grande hauteur et orné avec de magnifiques draps qui sortaient des fabriques de Bédarieux. Ces remarquables produits industriels, qu'on expédie dans le Levant, avec lesquels les Orien-taux confectionnent leur ample et voyant cos-tume, flottaient comme des banderolles sous le souffle du vent et montraient leurs couleurs vives et variées. A l'autre bout de la place, le vestibule du théâtre ayant pour décors des drapeaux et des panoplies, était orné et disposé tout exprès pour recevoir l'Auguste Visiteur. Des sentinelles étaient placées tout autour des nombreuses municipalités de l'arrondissement, pour empêcher l'envahissement de la place, et des cavaliers du train des équipages militaires, pour refouler la masse des spectateurs, galopaient le sabre nu à la main. Les autorités, parmi lesquelles on remarquait M*** préfet de l'Hérault, M*** sous-préfet de Béziers, etc...., s'étaient réunies dans la salle de réception.

Les boîtes à des intervalles rapprochés déton-nent.

<blockquote>L'air en est ébranlé. . . . . . . . .
R.... </blockquote>

On fait circuler de bouche en bouche, d'un groupe à l'autre, le Prince vient d'arriver!....

Un immense hurrah accueillit la nouvelle, et fut suivi de quelques instants d'un imposant silence.

Des couples composés des jeunes filles les plus gracieuses et les plus sages, et des jeunes hommes les plus lestes et les plus vigoureux, formaient un groupe qui exécutait, au son du fifre et du tambour, une danse de la localité, qu'on nomme : la danse des treilles. C'est le costume d'un berger et d'une bergère de Florian ; léger, aux couleurs vives, bien approprié à un jour de fête ; souliers plats, chapeau rond à bords plats et à peine posé sur la tête.

Chaque couple tient de la main droite, les extrémités d'un demi-cercle, en bois de châtaignier, enveloppé avec du coton, d'une parfaite blancheur, fixé par des rubans de diverses couleurs, et de la main gauche un autre demi-cercle pareil. Cette suite de demi-cercles forme une

longue tonnelle, sous laquelle s'exécutent les
diverses figures de cette danse.

Fern., ton attention ne se fatigue-t-elle pas ?
— J'écoute. — Je croyais que tu dormais. —
Non, mon oncle ; continue. — Voici le Prince qui
descend les marches de l'escalier. Où est-il ?
demande l'un. Il passe sous les treilles, répond
l'autre. Et en effet, suivant en cadence les sons
champêtres du fifre et du tambour, il s'avança,
à la grande joie de tous ceux qui l'apercevaient,
vers le premier de cette troupe printannière,
qu'on désigne sous le nom expressif de : *Tête de
la jeunesse*. Le Prince offrit un riche présent à la
jeune danseuse et sortit de dessous leur frais
arceau.

C'était le tour de la revue. On était empressé
de voir les traits du Prince-Président. Pour
arrêter l'élan, les soldats durent croiser la

baïonnette. Une personne fut même légèrement blessée à la poitrine. Le Prince ordonna qu'on laissât avancer, et il commença la revue. La population se massa derrière lui en l'acclamant avec enthousiasme. A mesure qu'il passait devant un drapeau, ceux que ses plis abritaient se mettaient à sa suite et la foule allait sans cesse grossissant, semblable à la boule de neige qui roule et dont le volume s'accroît au fur et à mesure de ses déplacements.

Souviens-toi, Fern., du commissaire de police dont je t'ai déjà parlé. Le Prince s'avança entouré par le ministre de la guerre maréchal de Saint-Arnaud, le général de Rostolan, le Préfet du département et d'autres officiers généraux. M. le Préfet présenta le commissaire de police nommé, peu après, chevalier de la Légion d'honneur, au Prince-Président, qui lui serra affectueusement la main.

J'étais près et j'ai bien pu observer cette scène.
Le Prince était en habit de lieutenant-général,
la tête nue, le regard calme, et, me trompé-je,
il me parut ému de l'empressement vrai que
mettait tout ce peuple à venir contempler ses
traits. On poussait de tout cœur ce vivat popu-
laire : Vive l'Empereur !... Il y avait foule de
curieux, mon cher Fern.; tu aurais vu les
fenêtres et les toitures même, garnies de spectateurs et faisant l'effet d'un brillant panorama.
La revue tirant à sa fin, ceux qui pouvaient
encore le voir se pressaient à sa suite, les autres
se précipitaient sur les parapets qui longent la
route, par où devait s'effectuer le départ. Le
Prince se montra dans une voiture attelée de
quatre chevaux blancs qui marchaient au pas.
Le maréchal de Saint-Arnaud était à son côté. J'ai
vu, Fern., le Prince Louis-Napoléon se lever et se

tenir debout dans sa voiture, et se découvrant, saluer avec grâce, une double haie compacte de peuple qui l'acclamait du nom d'Empereur. Les généraux de son escorte s'empressaient autour de sa voiture. Note bien ceci, mon jeune ami, ces officiers généraux à épaulettes jaunes ou blanches, à gros grains d'épinard, éprouvés dans les combats et dans les difficultés de la vie, donnaient à la foule l'exemple du respect que l'on doit au dépositaire de l'autorité suprême.

Quelque temps après, l'Empire fut proclamé, et un vote national, exprima que la proclamation de l'Empereur Napoléon III s'était faite selon le vœu des Français. J'ai vu encore une fois l'Empereur. Il remplissait une mission de charité et accourait de sa personne au secours des inondés des bords du Rhône. Je t'en parlerai un autre jour. Mais aujourd'hui, je m'arrête là. Aussi bien.

La houille éteinte ne pétille plus dans l'âtre.

# CHRONIQUE VIII.

## INONDATION DU RHONE.

### 31 MAI 1856.

Tournon-sur-Rhône.

Lyon, le Rhône a-t-il à se plaindre de toi ?...
Ses flots troublés il verse dedans tes murailles,
Démolit tes maisons et met tout en émoi.
Il est pour toi, Lyon, un ami sans entrailles.

Te souviens-tu, Fern., de l'inondation désas-
treuse de 1856? Tu as vu, de tes propres yeux vu,
les eaux du Rhône, sorties de leur lit, se répandre
dans la vallée que leur courant sillonne. Sur la
rive gauche, Tain était sous les eaux. Sur la rive
droite, Tournon n'était qu'à demi submergé. Les
dernières ondes s'avançaient jusque dans l'église
de Saint-Julien, et le tirant d'eau dans les rues
voisines était tel, que la circulation n'était possible que dans des gabares.

D'ici tu dois te représenter les eaux du fleuve
mêlées aux eaux froides du Doux, se développant
ensemble comme un vaste lac du côté de Saint-
Jean. Elles s'écoulaient entre les deux villes, par
masses énormes, semblables au courant d'un
bras de mer.

Le beau Lycée de Tournon, dirigé, dans ce
temps-là, par M. le Proviseur**** — chevalier de

la Légion d'honneur —, était entouré d'eau de toute part. Le rez-de-chaussée contenait près d'un demi-mètre de liquide, et le parc de l'établissement était sillonné par de rapides et nombreux courants. La poussée des eaux devint si grande dans le jardin potager, qu'une bonne partie du mur — sud-est — fut renversée tout d'une pièce. Quelle chute et quelle secousse! Je crois, Fern., que tu aurais eu peur. Trois courageux citoyens, qui allaient visiter la digue, pour s'assurer qu'elle résistait, venait de passer, juste, lorsque le mur s'écroula. De bien peu s'en fallut qu'ils ne périssent, victimes de leur généreux dévouement.

M. le Proviseur**** s'était hâté de mander des soldats à Valence. Avec leur concours, il fit une seconde muraille en pierres de taille, parellélipipèdes, contre celle qui s'opposait aux efforts de plus en plus grands du fleuve. On ne pouvait plus pénétrer dans la maison que sur des planches, disposées en passerelle.

Les études et les classes furent transportées au premier étage et les mesures prises par l'administration, furent arrêtées avec tant de promptitude et d'ordre qu'il ne fut pas perdu une heure de temps. Les exercices furent continués sans interruption.

Au plus fort de l'inondation, je m'étais rendu au collége; c'est un acte de civisme, Fern., de courir aux incendies et aux inondations, là où un danger menace le prochain, pour sauver une fortune, une vie, peut-être une famille, selon qu'il plaît à Dieu de nous réserver une action agréable à ses yeux. Tout à l'heure tu apprendras que l'exemple est venu de bien haut.

Je m'étais accoudé sur l'appui d'une fenêtre de

la façade que mouillaient les flots. Je voyais devant moi, Tain, l'industrieuse ville, qui a ses maisons dans l'air et ses maisons parfaitement symétriques, sous le miroir des eaux. On les voit très-bien, par un ciel sans nuages, et lorsque les rayons d'un beau soleil, en tout sens réfléchis par les atomes de l'atmosphère, l'éclairent du jour le plus pur.

Ce jour là les demeures souterraines n'étaient point visibles au travers de l'opacité des eaux. Les plaines de la Drôme formaient un lac étendu aux eaux troubles. Derrière Tain se montraient les côteaux de l'Ermitage, le plus souvent dorés par la lumière solaire, dans ce moment de couleur sombre et comme attristés, par les désastres, qu'on pouvait voir des hautes cimes dans les profondeurs de la vallée.

Les eaux du fleuve coulaient à trois mètres au-dessous de moi. Le courant du milieu envoyait des ondes vers les deux rives. Quelques-unes en se choquant mutuellement, en clapotant, venaient frapper contre l'épais rempart qui me soutenait.

Je voyais passer sous mes yeux des débris divers : feuilles et branches mortes, enlevées sur les rivages ; troncs d'arbres déracinés, tonneaux arrachés aux caves du viticulteur ; oiseaux et mammifères domestiques, surpris, asphyxiés et dont les cadavres suivaient les ondulations des flots.

D'où venaient toutes ces épaves ?...

En amont de son cours, les riches bords du fleuve sont habités par des populations nombreuses, çà et là distribuées dans des villes populeuses et dans des villages pittoresques. On voit même d'agrestes bâtiments, parmi la verdure de la campagne , offrant en perspective l'aspect d'un vaste damier. C'est là qu'est le théâtre où les eaux débordées, ont dérobé tout ce qui n'a pu être mis hors de leur atteinte.

Les eaux, vois-tu Fern., dans les grands cataclysmes des hautes régions de l'atmosphère, sont encore plus terribles que le feu. Suis avec attention ces étranges métamorphoses. Des vapeurs matinales et légères s'échappent de la superficie des mers , des lacs , des rivières ,... pour monter vers le ciel. Là se forment à de grandes hauteurs tantôt des nuages blancs, — amas d'aiguilles prismatiques de glace — ; tantôt des nuages épais, obscurs, — agglomération de globules aqueux vésiculaires; — qui se meuvent au gré des vents et semblent attendre l'instant de se résoudre en pluie fécondante, ou en trombes qui ravagent et ruinent une contrée. Ces derniers et redoutables météores sont l'origine d'impétueux torrents sur les pentes abruptes des montagnes. La fonte des neiges sur les pitons élevés, fournit un contingent notable à la crue des eaux des grands cours. Le mobile élément, ramassé dans les fractures, exerce contre les obstacles des efforts constants, dont la puissance s'accroît avec rapidité, détruit les barrages, fait brèche dans les digues, passe, entraîne et étouffe les cris des victimes dans sa marche bruyante.

Qui pourra réfréner cet immense désordre? Vois, si dans la famille humaine, il existe une main capable de ce puissant effort et dis-moi si la volonté, qui à son gré enchaîne et déchaîne les éléments, n'est pas certainement celle d'un Dieu unique?...

L'électricité dynamique qu'a trouvée Galvani et qu'a préconisée Volta, circulant sur le fil métallique des télégraphes, annonçait à l'avance l'arrivée des eaux dont le niveau sans cesse s'accroissait. Il est juste de lui payer, Fern., à ce fluide dont la vitesse est prompte comme la pensée, un tribut d'éloges. Par sa célérité (112000 l. par 1″), que de malheurs sont évités et que de victimes, averties à temps, sont épargnées! Lyon, surtout, où se croisent les ondes de deux fleuves: du Rhône qui traverse à Genève le beau lac Léman, et de la Saône qui prend son origine dans les Vosges, Lyon, la belle, la grande cité lyonnaise, fut brusquement envahie.

L'élévation progressive des eaux s'observait entre les deux digues qui les renfermaient.

Par malheur, il se fit une trouée dans l'une des digues. Le passage frayé, les eaux frémissantes, se précipitèrent dans la ville. Que dire et en quels traits peindre ce triste spectacle! Les rues étaient changées en torrents, les maisons bâties avec le pisé, sapées à la base, croulaient; des quartiers populeux se couvraient de monceaux de ruines.

C'était pendant l'horreur d'une profonde nuit.

R.....

Le sombre vainqueur se répandait de tous côtés, dévastait, semblait se passionner dans la destruction et parmi les cris des victimes. Semblable au général gaulois Brenne, suivi de ses hordes de barbares, par qui Rome fut brûlée et démantelée et qui, l'épée dans le plateau de la balance, disait aux Romains ces fières paroles:

« *Ve victis.* »

On a pu citer de nombreux dévouements, des actes d'intrépide courage: seules clartés, dans les ombres du tableau de cette navrante catastrophe.

En aval du fleuve, Avignon, Tarascon, Beaucaire étaient inondés. Arles qui possède pour sa renommée d'autrefois, des monuments que les savants aiment à visiter : théâtres, arènes, antiques remparts ; et pour sa gloire d'aujourd'hui, l'industrie d'un comestible excellent, du savoureux saucisson ; Arles était environné de toute part, et on voyait, comme une mer, dans la vaste plaine de la Crau.

Tu sais, mon jeune ami, que la France est gouvernée par un grand monarque, l'Empereur Napoléon III. Depuis dix ans que la Providence l'a élevé sur le plus beau trône du monde, il gouverne l'Empire avec tant de fermeté et de prudence, que tous, amis ou adversaires, admirent sa profonde sagesse.

Son cœur s'émut en apprenant les calamités que je te racontais tout à l'heure ; alarmé, comme un père à qui l'on vient d'annoncer la ruine de ses enfants. Il partit de Paris, la capitale de l'Empire, et par la voie ferrée fut bientôt rendu à Lyon. Que de souffrances à calmer ! Que de misères à soulager ! Sur les places publiques, s'étaient réunies et vivaient sous la tente, de malheureuses familles, qui possédaient hier une honnête aisance, et qui n'avaient pas même aujourd'hui, le modeste asile qui les abritait. Le Rhône calmé avait ramené ses eaux dans leur lit. Ton cœur, je n'en puis douter, se serait fendu de pitié, au triste aspect des débris et des démolitions, que le fleuve avait laissés sur son funeste passage. Là où une population active s'agitait pleine de vie, il n'existait plus qu'un morne silence et les désolants vestiges de la destruction et de la mort.

Aujourd'hui ces poignantes misères ont disparu. Des maisons neuves sont bâties où gisaient les ruines des anciennes ; et ceux qu'a si rudement éprouvés, le débordement du Rhône, ont retrouvé un abri et un foyer.

Devines-tu la main réparatrice?

Notre Empereur, dès son arrivée à Lyon, se hâta de se rendre parmi les groupes de malheureux campés en plein air. Il leur distribuait de l'or et de sa voix rassurante et par son calme visage, il ranimait leurs courages. Ses largesses et ses encouragements redonnèreut la vie à tout ce peuple, brisé, abattu par l'infortune. Avant de quitter cette grande cité, sous le coup d'une aussi douloureuse épreuve, il inaugura une souscription, en s'inscrivant à la tête pour une somme de cent mille francs.

L'Empereur se mit en route vers le midi, voulant voir de ses yeux les rives du Rhône, pourvoir partout de lui-même aux premiers et plus pressants besoins.

C'est cette circonstance, Fern., qui m'a procuré le bonheur de revoir pour la seconde fois le Chef de l'Empire, à son retour des pays méridionaux. Tu étais avec ta grand-mère, contre la grille, à la droite du bureau de la télégraphie électrique. Voyais-tu bien de la place que tu occupais? Je me prends à en douter, lorsque je songe à la grande vitesse avec laquelle la locomotive se mouvait. C'est pourquoi je regrettai de n'avoir pu t'introduire avec moi. Le corps enseignant avec son Proviseur *** , les élèves, ayant à leur tête le Censeur *** , s'étaient introduits dans la gare, où le convoi devait s'arrêter. Nous arrivâmes des premiers. Déjà cependant s'y trouvaient réunis : M. le sous-préfet *** en tenue, s'informant fréquemment des dépêches qui arrivaient; M. le comte de *** , maire de Tain, l'écharpe à la ceinture, donnant ses soins actifs au bon ordre. Vinrent ensuite les honorables membres de la magistrature; M. le curé de Tournon, avec son clergé; les autorités municipales de ce chef-lieu d'arrondissement; le capitaine de la gendarmerie, avec sa compagnie; diverses personnes marquantes, entr'autres le colonel \*\*\*; enfin, Fern., quelques dames avaient été admises et comme nous attendaient l'arrivée du convoi impérial.

La brillante jeunesse du lycée était rangée sur deux lignes très-longues et parallèles, sur les trottoirs, le long du rail-way. Si je t'avais eu avec moi, je t'aurais fait voir avec quel louable empressement, chacun s'appliquait à se trouver le plus près qu'il était possible de la personne de l'Empereur. Cette émulation me paraît bien raisonnable, mon jeune ami. En effet, en aimant et honorant le Chef de la Nation, nous nous honorons nous-mêmes.

L'Empereur revenait d'Arles. M. le sous-préfet reçut une dépêche télégraphique, et nous dit : l'Empereur dîne à Valence. Il était environ trois heures de l'après-midi.

— Bonjour, colonel, dit M. le Proviseur, en s'adressant au très-honorable colonel ***.

— Me voici placé derrière vos collégiens en serre-file.

— Pour avoir des serre-files tels que vous, reprit M. le Proviseur, nous devrions compter dans nos rangs, au moins des maréchaux de France.

— Chacun d'eux, répliqua le colonel, en porte le bâton dans sa giberne.

— Pas encore, repartit M. le Proviseur.

Tout-à-coup on entend venir une locomotive à grande vitesse. Voici l'Empereur !... Chacun se range. Mais la locomotive ne s'arrête point et

passe devant nous prompte comme une flèche.
Je suppose qu'elle précédait le convoi impérial
pour rendre la voie sûre. Les fines causeries re-
commencèrent. A l'extérieur de la voie ferrée,
contre les barrières, on apercevait une phalange
compacte de peuple. Enfin, vers les quatre heures, nous entendîmes le frottement lointain des
roues de la locomotive sur les rails, le bruit sac-
cadé des bouffées que jetait la cheminée, et celui
que produit le balancier dans son mouvement
alternatif. J'entrevis bientôt les charbons rouges
du foyer de la machine motrice, et de nombreuses étincelles qui tombaient et que le vent em-
portait. Elles étaient pareilles à ces feux follets
des bois, au travers des futaies, que des hommes
naïfs des temps anciens prenaient pour des âmes
en peine, dont ils croyaient entendre les voix gé-
missantes. Le convoi ralentit peu à peu sa marche
et vint enfin s'arrêter à la station.

L'Empereur fut acclamé avec enthousiasme par les élèves du lycée et par tous ceux qui s'étaient rendus là pour le voir et lui rendre hommage.

M. le sous-préfet s'approcha le premier de la portière. L'Empereur ne descendit pas du wagon. Il était en habit de lieutenant-général et portait sur la tête le képi africain, légère coiffure qui, aujourd'hui, est le couvre-chef de nos soldats. Il écoutait avec une attention bienveillante ceux qui lui adressaient la parole et laissait errer sur son visage un sourire de bonté paternelle. Dès après le compliment de M. le sous-préfet, l'honorable maire d'une commune, dont les propriétés avaient été dévastées par les eaux, s'approcha et requit des secours pour ses administrés. J'ai vu le général Roguet, aide de camp de l'Empereur, faire tenir à ce maire deux billets, chacun, dit-on, de cinq cents francs.

M. l'inspecteur d'académie *** ensuite s'avança et invita l'Empereur à descendre pour passer la revue des écoliers. Mais Sa Majesté n'y consentit point. Elle s'enquivit de M. le Proviseur du lycée. M. le Proviseur, qui était à deux ou trois pas du wagon impérial, s'efforça de se montrer, et l'Empereur, l'ayant aperçu, fit de la tête un signe de satisfaction. Tout ceci se passait au milieu des nombreux vivats poussés en l'honneur de Sa Majesté. Le timbre du sifflet d'alarme de la locomotive résonna. A ce signal du départ, le convoi s'ébranla, peu à peu régla sa marche, et se perdit bientôt dans l'éloignement. Je le suivis des yeux jusqu'à ce que je ne le vis plus au-delà d'un énorme rocher, que la voie ferrée coupe en deux.

L'assistance nombreuse se dispersa, chacun emportant ses impressions et sa pensée dans le for intérieur.

« Déjà je m'arrête, car mon feu s'est éteint. »

# CHRONIQUE IX.

———

— Jules, dis-moi quel esl ce nouvel officier ?
— « Le lieutenant Canrobert. Il sort de l'École.
Des autres officiers, si je crois la parole,
Son talent lui réserve un avenir princier.

Écrit du 28 avril 1859.

C'était dans le département qu'arrose le fleuve *Hérault*, coulant sur des sables aurifères et qui va porter le plus souvent la paix, plus rarement la guerre, aux habitants de ses rives; le plus souvent fertilisant leurs champs, plus rarement les dévastant.

A Clermont, ville manufacturière, où d'habiles fabricants font confectionner des draps pour l'habillement de nos vaillantes troupes, où l'on trouve l'arbuste sarmenteux que planta Noé, le figuier estival, et l'olivier dont la branche est un symbole de paix, dont le fruit est l'organe sécréteur d'une huile estimée.

— Bâtie dans une gorge, elle s'élève sur le flanc d'une montagne jusqu'au sommet. Là se trouvent les ruines du vieux château des puissants seigneurs de la race éteinte des Guilhem. Aux pieds de la montagne, la ville moderne s'est étendue dans la vallée. Elle est traversée en son milieu par un torrent auquel sa rapidité a fait donner le nom de petit Rhône (Rhônel).

Peu après la révolution de juillet (1830), des troupes furent disséminées dans les principaux centres de population, pour pacifier les esprits. Une légère effervescence durait encore. Un régiment parti de Montpellier, fut mis en garnison à Clermont. Plus tard, elle fut réduite à deux compagnies du 47e régiment de ligne.

J'étais à l'extrémité nord d'une place, à côté de l'église monumentale, bâtie dans le style gothique et surtout remarquable par une rosace d'un dessin et d'un travail accompli, sur le portail du sanctuaire en face du septentrion.

Je causais avec un camarade de classe, Jules Gand — fils d'un capitaine — et comme moi éclos à la lumière de ce monde, depuis dix à onze ans.

— Jules, lui dis-je, quel est ce nouvel officier qui s'avance vers nous?

— C'est Monsieur Canrobert. Il sort de l'école. C'est un officier d'un grand mérite, et il ne restera pas longtemps dans les grades inférieurs. Je l'ai entendu dire par les autres officiers.

— Qu'est devenu Jules?... Tout jeune il ambitionnait l'entrée à l'école militaire de Saint-Cyr. Et son père — le capitaine Gand — qui nous partageait ses morceaux de sucre candi?...

Le jeune lieutenant qui, à cette époque (vers 1832) était si haut placé dans l'opinion des épaulettes de son régiment, a depuis combattu en Afrique, et dans ces derniers temps, avec le grade de général de division, en Crimée, où l'illustre commandant en chef a montré le caractère ferme et élevé d'un héros.

La munificence de l'Empereur a décerné au

brave général le bâton de maréchal de France.
Lorsque la nouvelle de cette haute promotion
parvint à ma connaissance,

« J'eus dans l'esprit ce souvenir de 25 ans. »

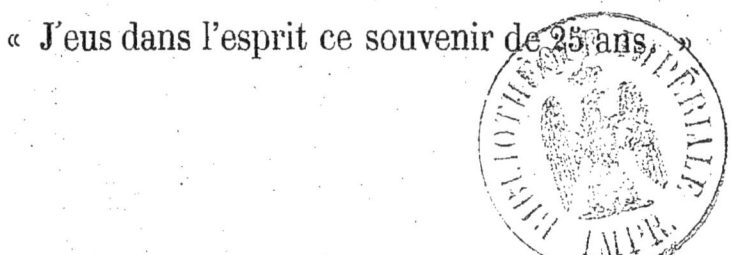

www.ingramcontent.com/pod-product-compliance
Lightning Source LLC
Chambersburg PA
CBHW071119260626
47162CB00006B/2389